KB111547

메밀벚아까시

메밀벗아까시

발행일	2015년 9월 7일		
지은이	유 목 민		
펴낸이	손 형 국		
펴낸곳	(주)북랩		
편집인	선일영	편집	서대종, 이소현, 권유선
디자인	이현수, 윤미리내, 임혜수, 김은해	제작	박기성, 황동현, 구성우, 이탄석
마케팅	김회란, 박진관, 이희정, 김아름		
출판등록	2004. 12. 1(제2012-000051호)		
주소	서울시 금천구 가산디지털 1로 168, 우림라이온스밸리 B동 B113, 114호		
홈페이지	www.book.co.kr		
전화번호	(02)2026-5777	팩스	(02)2026-5747

ISBN   979-11-5585-763-2 03810

메밀벗아까시

유목민 시집

북랩 book Lab

1부 우담바라

2부 프로그레시브

 3부 만화경

1부

우담바라

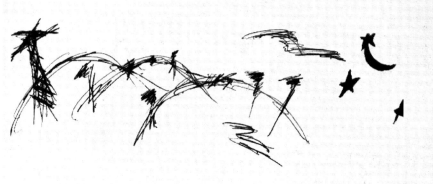

저녁

저녁 먹는 시간이란
해 질 녘이면 으레 어느 집이고 할 것 없이
아궁이에 불을 지폈고 밥을 지었다.
소와 염소는 야산이나 논밭 등 잡풀이 있는 곳이면
어디든 매어두었고
해 질 녘이면 다시 집으로 끌고 오는 것이었다.
대개 그때 즈음…

연을 만들어 날렸다.
연줄에 매달린 종잇조각은 바람개비가 되어
연에게로 저 하늘로 사라져 갔다.
집집마다 피어오르는 연기와
저녁 먹으라고 소리치시는 어머니 부름에
집으로 돌아가야 했다.

신작로에 불을 피웠다.
모닥불에 불을 쬐며 이런저런 이야기꽃을 피웠고

감자나 고구마 등 먹을 것을 구워 먹기도 하였다.

막차였다.

커다란 헤드라이트 불빛을 반사하며 고갯길을 넘고 있었다.

시간이 얼마 없었다.

남아있던 석유와 땔감들을 모닥불에 털어 넣었고

순식간에 활활 타오른다.

"튀어"

논두렁 사이를 달리기 시작한다.

조급해지기 시작한다.

논둑에 몸을 숨겼고 버스는 불길 앞에 멈추었다.

"……"

"깔깔깔"

"기사 아저씨 내렸다."

story2

보리밭이었다.

전봇대 사이를 겨우 날아올랐고

그때는 구름이 조금 끼었거나 약간은 더운 날이었다.

종달새가 우는 봄

그가 기억하는 봄날이었다.

호감이 가는 아가씨나 그녀 그리고 어떤 연인들은

그날의 이미지를 가지고 있었다.

달래향 짙은 보리밭 길을 거닐어 보거나

손을 잡거나 기대어 앉아 시간을 보내는 것이었다.

지구

지구는 변해가기 시작한다.

그들의 관심사는 새로운 지구의 발견과 이동수단이었다.

시공간을 어떻게 초월할 수 있을까?

문제는 시간이었다. 시간을 극복해야 한다.

서기 2100년

India는 탐사선의 제독이 되었다.

이들의 순간이동 기술은 오차범위 ±1%의 정확도였다.

따라서 정확한 목표지점을 찾아가는 것은 불가능했고

몇 달에서 몇 년을 헤매어야 했다.

??? 행성

이 행성은 여러 개의 태양을 가지고 있었다.

그들의 시각은 퇴화하여 색채 감각이 미흡했으며

조형물의 형태 감각이 뛰어났는데

매우 섬세하면서도 웅장했다.

시간에 따른 중력 변화는 그들 문명을 신비스럽게 만들었고

다른 행성에서는 이곳을 수수께끼 행성이라 불렀다.

어둠의 행성

이곳은 태양이 존재하지 않는 행성이다.

그들의 태양을 잃어버리면서 떠돌이 행성이 되었다.

어둠을 밝히기 위해 수많은 광원이 행성 전체를 뒤덮고 있었다.

지역마다 건물마다 고유의 광원을 이용하였다.

그 때문에 멀리서도 쉽게 알아볼 수 있었고 아름답게 보이고 있었다.

다른 행성에서는 이곳을 어둠의 천국이라 불렀다.

우담바라

나즈막한 언덕이 있었고 골짜기가 있었다.

어디선가 시원한 물줄기가 흐르고 있었다.

대지와 물줄기가 만나는 지점에 연못이 있었고

연애하듯 다소곳이 테니스 코트가 자리하고 있었다.

주위엔 물먹은 듯 푸름이 활개 치기 시작했고

화창한 봄 날씨가 장단 맞추었다.

그날은 연못 어디쯤인가에 앉아 정취를 감상하고 있었다.

누군가를 엿보고 있었는데

그녀의 이름은 샤라포였고 테니스를 즐기던 동료였다.

짧은 치마에 굵디굵은 다리가 우스꽝스러웠는데

뽀얀 보조개가 그녀를 꽃으로 변화시켰다.

스피커에서는 유행가요가 흘러나왔고

그는 그 뒤로도 쭉 그 노랠 사랑했다.

지구를 떠나기 전 그는 마음의 폭풍을 잠재웠고

탐사선의 제독이 되었으나 눈빛은 그늘지고 단호했다.

깔끔한 제복에 사령관 배지가 유난히 반짝거렸고

머리칼은 흐트러진 채

언제나 모자를 들고 있었으나 쓰는 법이 없었다.

기상나팔 소리가 울려 퍼졌고 단꿈에서 깨어났다.

그날의 그는 모자를 눌러쓰고 있었고

보일 듯 말 듯한 눈빛은 눌러쓴 모자에 가려졌다.

"제군들 맡은 임무에 충실할 것"

그렇게 탐사선은 제2의 지구에 연착했다.

그 행성을

샤라포바라 이름 지었다.

우담바라--psychedelic

나즈막한 언덕이 있었고 골짜기가 있었다.

여린 그 물줄기는 연못으로 흘러들었고

다시 도랑을 타고 흘러내렸다.

언덕이 주는 푸근함과 나이를 짐작하기 어려운 수목은

물들어 가는 잎사귀들을 햇볕에 반사하고 있었다.

또랑은 테니스 코트를 휘감고

그는 연못 어디쯤인가에 앉아 정취를 감상하고 있었다.

누군가를 엿보고 있었는데

그녀의 이름은 샤라포바였고 이따금 마주치곤 하였다.

짧은 치마에 간결한 옷차림이 산뜻해 보였고

가끔 생겨나는 보조개는 그녀를 꽃으로 변화시켰다.

스피커에서는 유행가요가 흘러나왔고

그는 그 뒤로도 쭉 그 노랠 사랑했다.

기상나팔 소리가 울려 퍼졌고 그는 단꿈에서 깨어났다.

보일 듯 말 듯한 그의 눈빛은 눌러쓴 모자에 가려졌다.

"제군들 맡은 임무에 충실할 것!"

그렇게 탐사선은 제2의 지구에 연착했다.

그 행성을

샤라포바라 이름 지었다.

story4

길을 잃고 헤매든

그 길 따라 찾아가든

봄은 갔고 여름은 찾아오지 않았다.

방황하는 공백기

그곳에서 예술이 태동한다.

잎사귀는 물들길 원하고

바람은 달궈지길 원한다.

그들 사랑 이야기처럼 말이다.

샤라-푼바- 행성

India: "우린 영웅이다."

그의 목소리는 고요히 울려 퍼져 제군들의 귀를 울렸다.

그들의 호흡을 가다듬어 주는 것은 바람이었다.

하늘엔 별이 있고 다시 날이 밝아 오는

지구가 주는 푸근함 그대로였던 것이다.

우주의 끝은 어딜까?

우주는 떠돌고 있다.

끊임없이 팽창하면서 그 끝은 또다시 팽창하고

결국엔 추측 불가.

어쩌면 모든 지적 생명체가 소멸하는 순간 멈추겠지…

그의 가슴은 우주를 꿈꾸었다.

수수께끼 행성

웅장한 건물 위로 태양이 떠올랐고

또 다른 건물 사이에 또 다른 태양이 걸쳐 있었다.

어떤 태양은 저물어 갔고

두 청년은 그것을 바라보고 있었다.

"영광인걸. 이곳은 매혹적이거든"

"난 떠나고 싶다. 내 꿈은 이곳에 어울리지 않아!

가끔은 올려다보고 싶기도 하거든…"

투명한 옷과 몸체를 꿰뚫는 빛은 연한 그림자가 되어 나풀거렸다.

story1

그의 귀향은 오래전 그들의 어떠한 흥분이었다.
새로운 과거 즉 미래에 대한 긍정이었으며
지루한 일상에 대한 탈출구였을 테니까.

그는 변해 있었지만 무언가를 갈구하는 것은 변함이 없었고
밤하늘은 가슴을 열고 받아들이라고 자꾸만 반짝거렸다.
그것은 욕망 혹은 욕심에 항상 딜레마적인 고민거리였다.
욕망은 뜨겁고 욕심은 넘치나 정확한 차이를 구분 짓지는 못했다.
그러나 우리가 여행을 꿈꾸는 이유는
욕심 때문이 아닌 욕망에 사로잡히기 때문이다.

story3

막연한 두려움과 설렘 사이의 줄타기는

행동들을 지연시키거나 때로는 단호함을 주기도 한다.

죽음을 무릅쓰는 상황.

이때의 걱정거리는 남겨진 자들에 대한 미련이다.

배려는 내가 하는 것이고

존재하지 않는다면 그런 것은 의미를 상실한다.

그렇다면 재미있는 결론이 나온다.

밑져야 본전.

손해 보지 않는 장사란 얘기지.

모험은 그래서 낭만적이랄까.

잃을 게 없다는 데서 두려움을 잠재우고 설렘은 살아남는다.

갈망

심연의 바다에 뛰어들었다.

그곳은 은하계 또는 어디인지 알 수 없는

끝없이 추락하는 별의 바다였다.

타들어 갈수록 빛을 발하는

그 절박한 도피 속으로…

메밀벚아까시

벚꽃이
외로이 비를 맞는다.
뒷밭.
메밀꽃과 닮아 있다.
야릇한 젖살 같은
보조개 빛 눈이 쌓였다.
그곳에 벌이 난다.

비가 올 때면
취하게 되는 꽃
아까시아 꽃내음이 그립습니다.

싸라기 꽃

안개를 잔뜩 머금어 눈썹이 시려오는 꽃

비처럼 내리는 눈꽃

네 깊은 고요함 속에 안개비를 닮은 멍울진 비가 내린다.

녹차 밭

바람을 맞아주는

잔잔한 호수의 울림이 전해질 때면

꽃 없이 그대 향기를 머금는 이유인가요.

하늘은 높지 않고

바다는 멀지 않은

저곳 능선의 소나무 한 그루…

story5

응어리진 내재성의 폭발.

그것이 세상을 만들게 되었죠.

그는 그 세상 속으로 다시 빨려들게 됩니다.

마치 블랙홀처럼 말이죠.

그때는 자신도 제어하지 못합니다.

광기에 휩싸이게 되죠.

그는 그것이 두려웠을 것입니다.

하지만 그의 세상은 너무나 아름다웠기에

다시 빨려 들어가고 싶었을 것입니다.

그리고 그는 한 가지를 더 욕망하게 되죠.

그곳에 그녀가 있기를 말입니다.

story6

바라다봄의 중독.

여가로써의 바라다봄은 아닙니다.

그곳에 가면 꽃이 있고 들이 있고 바다가 있는

멋들어진 경치가 아니라는 것이죠.

즉, 불확실한 바라다봄의 욕망

오래도록 머물지 못하고 언제나 그곳에 있지도 않고

그러나 정작 그녀와 마주치게 되면 바라볼 수 없게 되죠.

욕망과 행동의 아이러니함.

그것은 불확실성에 대한 방어수단이기도 합니다.

침입할 수 없는 서로 간의 서성거림.

이야기는 이때부터입니다.

그가 그러왔던 이야기 속으로 들어갈 테니까요.

그가 만들어 놓은 세상 속에 그녀가 들어온 것입니다.

story7

당신은 어째서 떠났죠?

그녀 또한 당신 곁을 서성였을 것입니다.

당신은 그것을 알고 있었어요.

왜죠?

이상과 낭만은 비극을 만들죠.

그러나 현실은 꿈에서 깨어나게 됩니다.

어차피 결과는 같아지는 것이에요.

결국, 이런 겁니다. 미완일 때가 더 아름답거든요.

변했군요!

처음으로 돌아가요.

당시의 이미지 속으로만 들어갈 수 있다면 그때로 돌아갈 수 있어요.

어둠의 행성

과학이 발전함에 따라 빛의 활용이 극도로 발전하게 된다.

이제 대낮이 될 정도로 밝아졌다.

"이런 빌어먹을"

변했어.

이제는 아늑하고 로맨틱한 그때의 느낌이 나지 않는단 말이야!

타 행성을 여행해 보라고

그러면 예전의 이곳이 얼마나 분위기 있었나 새삼 그리워질 걸세.

그곳 행성은 낮과 밤이 있었는데

밤이 되면 우리의 행성을 볼 수가 있었어.

그들은 이렇게 말하곤 했지.

저곳이 당신의 고향인가요.

정말 아름답군요.

저 빛바랜 빛깔들을 보세요.

무지개가 사는 마을 같아요.

저곳은 천국일 겁니다. 어둠의 천국 말이죠!

story-ex

자리를 조금 옮겼군요.

며칠 전엔 연못에 비쳤거든요.

당신의 고향은 한번 떠나면 쉽게 찾아가기 힘들지 않나요?

변수는 항상 존재하는 것이고

더군다나 당신의 고향은 빛을 찾아 떠돌고 있으니

다시는 돌아갈 수 없을지도 몰라요.

네 그렇기야 하죠.

하지만 진짜 문제는 떠나올 때죠.

찾아가는 것이야 즐거운 일이니까.

뭐 저는 그렇습니다. 언제나 갈 수 있는 것은 아니지만…

초승달

달은 작아지고 작아지고
해는 뉘엿뉘엿 산을 등지고 사라졌다.
가려진 별들은 모습을 드러내고
그 가녀린 달은 삼각편대의 호위를 받는다.
어두운 그림자는 침묵을 강요하고
어렴풋한 산등성이와 나뭇가지들은
지평선 넘어서까지 붉게 달아오른 별들의 세상.
그 달이 구름에 가려질 때면
초승달 깊은 곳 물고기 한 마리 지난날을 헤엄친다.

처마 밑

물방울이 떨어집니다.

전깃줄이 가로지르고 줄기는 뻗고

잎새는 그들과 나란히.

까마귀가 날아들고 하늘은 그들을 감싸고 있다.

언젠가 그 아래로 뛰놀던 아이들과

그 위로 날던 새들은

[   ]

2부
프로그레시브

테마1.

향수

전설에 의하면 세상 어딘가에 태곳적부터 존재했었다는
건널 수 없는 강에 대한 이야기가 있었다.
그곳을 헤엄쳤던 물고기 중 한 종류는 오아시스를 찾아 떠났다고 한다.

그 시절 인간이 존재했을지는 의문이지만 시간을 거슬러 오르다 보면
날아가는 새는 아마도 그 사정을 알고 있을지도 모른다는 생각에
오랜 시간 동안 우리는 새들처럼 날고 싶은 마음을 품어왔을지도 모른다.
아마도 이것은 고대에 대한 향수일 것이다.

테마2.

사해 沙海

시간 마술은 짙은 환상을 간직한 채 묻혔다.

그곳엔
고요함이 밀려온다.
침묵 속에 쓰러지는
빛바랜 물결.
그 닻을 찾아 떠도는 불타는 신기루.

오아시스에 사는 굶주렸던 물고기가 물에서 뛰쳐나와 죽어갔다.

테마3.
착각 - story

이곳은 마치 섬과 비슷하군!
모래 위의 섬이야!

사막을 지나던 새는
정체를 알 수 없는 물고기의 죽음을 보았고
바닷새들에게 들었던
몇만 년 전에 오아시스를 찾아 떠난
한 물고기에 대한 바다 전설을 기억해 낸다.

-착각-

이 고요한 바다에
섬들이 인사하네.
모래 폭풍은 드디어 바다를 향하고
바람은 바다 위를 걷는다.
초원 위를 나는 물고기는 꿈을 잃고
그곳에서 갈매기 울음소릴 듣는다.

테마4.

집시가 울고 간...

보면 슬프고 헤어지면 그리운
파란 눈으로 바라보는 그을린 풍경은
집시가 울고 간 눈물의 바다.
그 사해의 연못에
눈물로 길러진 꽃이 피었네!

테마5.

꿈을 훔쳐 날으는 새

바다가 그립다 말하는 눈물 삼킨 영혼이

늦장 해바라기를 탓하고서야 볼 수 있던 저곳이 당신의 고향인가요?

그곳엔 보금자리가 있어

꿈을 훔쳐 날으는 새는 어둠의 그림자를 남기고

시간이 당신은 멀고 멀었으니 그냥 천천히 오라 하네.

쪽빛 하늘을 보고서야 그것을 감지한 나는

아침은 아직 멀었고 당신의 고향은 가까이 있으니

그냥 바라보세요. 보라 하네.

눈물 삼킨 영혼이 늦장 해바라기를 탓하고서야

아마 당신이 찾는 것은

그늘진 마음 한구석.

하늘 밑. 그곳이 당신의 고향

그 위가 당신의 꿈인걸요.

어둠이 소스라칠 때

꿈을 훔쳐 날으는 새가 갈 곳은

눈물 삼킨 영혼이 늦장 해바라기를 탓하고서야 볼 수 있던

꿈을 훔쳐 날으는 새가 늦장 해바라기를 탓하고서야 볼 수 있던…

새들이 떠돌다

표류하던 상념이 머물다간 천공의 섬.

영원한 빛의 쉼터. 잔인한 슬픔의 도시는

방치된 詩 구절.

하늘엔 별이 있고 다시 날이 밝아 오는 지구가 주는 푸근함

그대로였던 것이다.

테마6.
매번 왔다 가는 계절엔...

망설이지 말아요.

마음에도 꽃은 피겠죠.

설레지도 말아요.

어차피 가는 계절인걸요.

매번 왔다 가는 그 꽃도 가슴 저며 피거든요.

테마7.

외딴섬

저기 인도양을 건널 때 바라보는

배들이 말하는 거리.

그쯤. 파도가 머물다 가는 외딴섬.

꿈꾸는 파도는 어쩌자고 나를 이곳 섬으로 데려왔을까.

갈매기도 없는 이곳 고요한 상상은 나를 마중 나온 까닭인 듯

파도는 끊임없이 소리친다.

우린 언젠가 만나지 않을까?

바다는 속삭인다.

널 기다리고 있다고 어서 오라고.

하지만 배가 없지 않은가.

여기 슬픈 청춘을 버리고

난 또다시 떠나지도 못할 항해를 시작한다.

몰아치는 햇살은 섬 주위를 거닐게 했고

결국 표류하던 상념이 바다와 만났다.

등대.

목마른 섬에는 불멸의 꽃이 있다.

테마8.

그대에게 가는 바람이

그대에게 가는 바람이

왜 이리 슬픈가요.

설마 그 바람이 멈춘대도 난 멈추지 않아요.

그냥 스쳐 가는 바람도

인연은 있을 테니

설마 네 마음이 변한대도 난 슬프지 않아요.

무심히도 가는 바람이

왜 이리 아련한가요.

설마 그 바람이 멈춘대도 난 멈출 수 없어요.

미처 알지 못한 사랑도

때가 되면 알게 되니

아직 네 마음이 아파한들 난 견딜 수 있어요.

이 세상 모든 슬픔이

바람과 같다면

그대가 가는 곳

그대가 변해가는 중에도

나는 생각하리.

나 또한 그곳 바람의 친구가 되어

양이 되어 날개가 되어

가리다 가리다 그대 향하는 곳 나 또한 가리다.

테마9.

아까시아 꽃잎이 질 때

지는 꽃잎 뭐가 아쉬워

향기 갈 줄 모르시나요.

(피고 또 피는 계절 따라 흘러가옵니다)

사연 없는 꽃잎

향기가 깊진 않겠지요

(다만)

깊어질 향기가 설레어 나부낄 때

또다시 눈물짓는

다시 찾아오는 계절엔 사연이 있어

(그때를 기억하네)

먼 옛날에도 아쉬웠던

흘러

피는 사연에

지는 꽃잎 뭐가 아쉬워 잊힐 줄도 모르시나요

테마10.

골목을 도는 등 뒤엔 까마귀 한 마리가 있었다

집 뒤엔 운치를 자랑하던 수목이 있고

라디오에선 흘러간 옛 노래가 귀를 자극한다.

다만 인적이 드물고

힘없이 흐르던 도랑이 쓸쓸함에도 정답게 느껴진다.

시인의 마음엔 그곳은 언제나 천국이었고

때문에 허름한 추억을 되돌리려 애를 쓴다.

자꾸만 잡을 수 없는 것을 애써 남기려 할 때

우리는 그 낭만적인 행위에 세상은 다르되 마음은 같다고 위로한다.

그때

골목을 도는 등 뒤엔 까마귀 한 마리가 있었다.

까마귀는 세상 끝에서 날아온 것만 같았다.

누구보다도 높이 날았고 태양마저도 끝내 배신하지 못하고

타버린 흔적이 남아있다.

아마도 그는 등 뒤에서 당신은 상념의 끝에 가본 적이 있는가?

까마귀의 울림에 나는 잠시 낭만을 접어두고 상념에 잠긴다.

이상이란 무엇이기에 꿈을 꾸게 만드는 것인가.

그 거리만큼엔 오를수록 단절이 있음이 분명하다.

끝내 그들은 고립되고

낭만은 그곳에 있었다고 회상한다.

고립이란 한쪽 면을 포기하는 극단적인 선택이다.

타협이 아닌 한쪽을 포기할 때 비로소 자유로워지는 것이다.

어째서 나는 까마귀에게서 그 고귀한 자유로움을 느꼈는지 조금은 이해가 간다.

하늘배

시간도 잠들 때가 있다.

그때는 돛을 달고 떠나자.

차마 말하지 못했던 그녀를 태우고

하늘을 날자.

어디선가 빛을 받고 뛰노는 구름.

유유히 세상을 낚아보겠다는 하늘배…

건지는 건 그리움뿐이네.

치마 입은 봄 아가씨

누군지는 모르지만
치마 입은 봄 아가씨
시름 벗고 산뜻한 걸음 자태.
봄기운도 수줍어
시름 벗고 새침하게 꽃피네.

그렇지.
멈추지 않는다는 것에 또 다른 자태의 봄을 부르고
시간은 가도 봄은 언제나 나를 찾아온다.

구름 산책

걷다 보면 하늘이 날 부르고

난 들리지도 않는 길을 따라

가끔 발을 잘못 디뎌 떨어질 때도 있는 눈물방울.

갈 데라고는 눈물 맺힌 곳뿐인데

잔인하게도 태양은 날 웃으라고 하네.

테마11.
오작교에 부치는 편지

깊은 밤

별을 품고

어느 해 이별을 고하던 달님같이

이른 별에 만나

지는 별에 웃고 떠난 기다림을 아는 시절.

먼 산 까막새 날갯짓 그립고

사철 푸른 나무는 멍들고 멍들어

아련함만 가꾸는

피어보지도 못한 꽃엔 영원한 향기가 떠돈다.

깊은 밤

별을 품고

어느 해 이별을 고하던 달님같이.

테마12.
연

시간이 흘러도
사랑은 벽화처럼 연이 되어 남아있을 것이다.
사랑이라는 말이 소멸한다 해도
연은 구름 위를 헤엄쳐 날았다.

-서기 3100년-
지금으로부터 천 년 전쯤에 쓰인 것으로 보이는 한 편의 시는
음유시인을 통해 각색되어 연애라는 단어를 발굴해 낸다.
아마도 고대인들이 가지고 있던
지금은 이해할 수 없는 마음의 한 형태라고 짐작한다.

그는 상상의 나래를 펴며 한 편의 시를 적는다.

당신과 연애하고 싶어요.
사랑이라는 말은 모르지만
할 수만 있다면
구름 위를 헤엄치는 연이 되고 싶어요.

테마13.
언덕 저편

고대부터 지금까지 그리고 앞으로도

강은 유유히 곡선을 따라 흐르고

강이라고 부르기엔 줄기가 너무 약했지만

사람들은 이곳을 건너서는 안 된다고 말했다.

그는 강 너머의 그녀가 궁금했고 그녀는 아주 가끔 나타났다.

언젠가는 조우하게 될 줄 알았어.

위험한 곳에 어째서 찾아오시나요?

물어보고 싶은 게 있어서.

뭐가 알고 싶죠?

강 너머의 세상은 가본 사람도 없고 사정을 알고 있는 사람도 없어.

당신이 유일한 단서야.

단절된 곳엔 자유가 있죠.

이름은 뭐지?

애…

그쪽으로 가고 싶어.

당신은 이곳에 허락되지 않았습니다.

그만 돌아가세요.

그녀는 등을 돌렸다.

건너야겠어.

이곳은 아무나 올 수도 없고 한 번 오면 다시는 돌아갈 수 없어요.

사내는 강에 발을 내디뎠다.

그래도 가야겠어.

내 꿈에 이곳은 어울리지 않아…

테마14.

生

고립된 황량한 시장 바닥에서 홀로 팔리지도 않는 생선을 배고픔에
뜯어 먹고 있다. 주위로 몰려든 새들. 살아간다는 위로 때문에 나눠
먹을 게 있다는 듯이 낡은 풍경 어딘가 앙상한 빛이 차오른다. 찬바람
이 머물고 간 다시 찾은 가지 위로 어둠 속 새가 앉아 지켜볼 뿐 달이
쓰러져 노래는 끝나간다.
사랑하는 사람아! 싹이 트기 시작한다네.

3부

만화경

만화경 1.
만화경

언덕은 한가롭고
몇 그루의 소나무는 꿋꿋하다.

멍든 순수의 교차점을 따라 태양이 뜬다.

만화경 2.
흙시

몰라보는

꽃이라면

연민마저 모르는 척.

차라리 차라리

들에 핀 꽃이라면

이 몸 초라한들 어떠리.

만화경3.

담배

얼이

춤을 춘다.

아직 깨어나지 못한 혼이

지상의 구름처럼.

내가 상상하는 곳.

저 넓은 대지 위에 노닐다 사라질

넋두리.

만화경 4.

마귀

푸드덕.

침착한 날갯짓으로 하늘을 난다.

미처 날지 못한 새

저기 허수아비 삿대질한다.

아리송한 들녘 눈을 감고 나는 걸음을 멈춘다.

만화경 5.

달마도

은은한 달빛이 그를 보필하니

수고로운 눈빛이 지칠 줄도 모른다.

덥수룩이 처진 세월의 흔적이

풀벌레도 놀라지 않을 만큼 멋스럽다.

돌아올 곳 있어 행복한 여행이라면

차라리 모험이라 말하고

돌아갈 곳 내 마음 한구석이 고향이라 말한다.

문고리를 닮은 귀걸이가

그가 세속을 등졌다고 말할 수 없다.

숱한 번뇌를 바람에 날려버린 눈빛이 은은한 달빛을 닮았다.

만화경 6.

몽상 畵

상상 속에서 보일 듯한

그리울 수밖에 없는

푸름에 녹아드는 바람의 여유로움.

몽상이 침묵할 때 여백은 운치를 자랑하고 바람은 없는 듯 녹아든다.

만화경 7.
한 폭의 그림자

가로수의 낭만은 길 위에서 한가롭기만 한 채
나르시시스트는 쓰러지는 태양을 벗 삼고
그림자는 내가 아닌 듯 더위를 식히는 매미 같다.

땅 위에 그림자가 설 때
나는 한 폭 가지를 친 꽃을 사랑한다.
머물 순 없다.
해 질 무렵 나르시시스트가 사랑한
그림자 나를 붙잡고
갈팡질팡하던
한 폭 가지를 친 꽃은 아주 길게 내 가슴속에 안긴다.

만화경 8.

목동

초원을 벗 삼는 목동에게

노래는 늘 한결같고

밭을 가는 구름은 떠다니고

수많은 별은 오늘 밤에도 총총히 빛날 것이지만

때로는 그 고독에 취해

악마처럼. 그대는 그리움을 부르네.

봄은 찾아오고

내줄 것이라곤 침묵의 무게를 안겨주는 것만 같아

노래는 늘 한결같고

밭을 가는 구름 떠다니고

수많은 별은 오늘 밤에도 총총히 빛날 것이라고.

만화경 9.

道

불어오는

바람은

어디로 갈까?

길은 흔적을 지우고 끝은 곧 시작이 된다.

쏳은 사건을 두지 않는다.

흐름만을 인정한다.

시간도 잠들 법도 한데 우리의 상상은 멈추지 않는다.

만화경 10.

원적산 圓寂山

원적산은

心氣로 보는 산이더라.

머물 곳도

갈 곳도 없는 바람처럼

온기를 세상에 뿌리고는 체념 끝에 솟아나는 산이더라.

만화경 11.

竹

고요히 쌓여

지푸라기

누워 그리는 설밭.

그 길 발자국과 바람 소리.

만화경 12.
청담새

어느 날 바람이 불었고

그 바람 소리에

옷깃은 울음을 터트려 버렸죠

젖은 채 날아가

풀밭에 맺혀 말라버린 이슬지고 마음도 떠났죠

그때 보았던

기억나지 않은 하루

그 후 헐벗은 가지 위 언덕인 듯 잘못 기억하는 아지랑이

아무도 말하려 들지 않는 곳에서 혼자 떠들었지

어리석다 말하는 기억 속 들판은 아직 몽롱한데…

만화경 13.

순간

그것은

타는 가슴 견디며

꿈틀어 날아갈 한 줌의 연기 같은 것.

춤을 추듯 공허함을 휘감고

한줄기 빛을 타고 오르는 번뇌.

그것은 승천

만화경 14.
그 속에서

번개가

피를 흘리고

어둠은

잠들지 못하는 광기 속에

나비는 공허 속에서 춤을 추고

때가 아닌 줄 알면서도.

폭풍우를 기다렸다는 듯 비행하는 벌떼는 순수는 아름답다 외친다.

만화경 15.

꽃이 별에게 바치는 시

검은색 눈이 나린다.

눈발은 허공

그 자리에서 움직이지 않는다.

시간이 멈춰 버린 듯이.

만화경 16.
별이 꽃에게 바치는 시

흐물거리던 바람이 녹아들고

오래전에 타버린

신기루 같은 물감이 번질 때

빛바랜 추억은

먼 곳에서 찾아와 여운만을 남겨두고 갑니다.